AF346411

Vente après Décès

DE

MOYNIER

Artiste Peintre

HOMO ADDIT NATVRÆ
IMPRIMERIE DE L'ART

CATALOGUE

DES

TABLEAUX & ÉTUDES

PAR

Moynier

ET DE

Tableaux, Aquarelles & Dessins

PAR

**Calvès, Cauchois, Defaux, Detaille, Duez,
Ch. Frère, Vallée, Ed. Yon**

EAUX-FORTES

Par Félix Buhot, Louis Monziès, Th. Ribot, etc.

DONT LA VENTE AURA LIEU

Par suite du décès de M. MOYNIER

HOTEL DROUOT, SALLE N° 2

Le Lundi 20 Avril 1891

à 2 heures

Par le ministère de Me **LÉON TUAL**, commissaire-priseur
56, rue de la Victoire, 56

Assisté de **M. PAUL DÉTRIMONT**, expert
35, avenue de l'Opéra, 35

EXPOSITION PUBLIQUE

Le Dimanche 19 Avril 1891, de 1 heure 1/2 à 5 heures 1/2

CONDITIONS DE LA VENTE

La vente sera faite expressément au comptant.

Les Acquéreurs paieront, en sus des adjudications, CINQ POUR CENT, applicables aux frais.

Paris. — Imp. de l'Art, E. Ménard et Cⁱᵉ, 41, rue de la Victoire.

DÉSIGNATION

TABLEAUX

Par MOYNIER

12 — *Nature morte.*

13 — *Arromanches.*

14 — *Près Dammartin.*

15 — *La Seine, à Samois.*

16 — *Butte des Chammants.*

17 — *La Frette.*

18 — *Nature morte.*

19 — *Sartrouville.*

20 — *Valhermay.*

21 — *Valhermay.*

22 — *Maurecourt.*

23 — *Crépy.*

24 — *Villiers-le-Bel.*

25 — *Sartrouville.*

26 — *Près Sens.*

27 — *Auvers.*

28 — *Bords de l'Oise.*

29 — *Houilles.*

48 — *Au Mesnil.*

49 — *Le Plessis.*

50 — *Nature morte.*

51 — *Nature morte.*

52 — *Nature morte.*

53 — *Nature morte.*

54 — *Sartrouville.*

55 — *Foissy.*

56 — *Bezons.*

57 — *Annelles.*

58 — *Bessy.*

59 — *Arcy.*

60 — *Environs de Paris.*

61 — *Cayeux.*

62 — *Bords de l'Oise.*

63 — *Mers.*

64 — *Près Sens.*

65 — *Sartrouville ; effet d'hiver.*

65 — *Gentilly*.

67 — *Saint-Ouen*.

68 — *Bords de la Seine*.

69 — *Environs de Paris*.

70 — *Près Paris*.

71 — *Héricy*.

72 — *Quai de Seine, à Sartrouville*.

73 — *Nature morte*.

74 — *La Seine ; effet d'hiver*.

75 — *Fin d'Oise*.

76 — *Andrésy*.

77 — *Cormeilles*.

78 — *Bords de l'Oise*.

79 — *Bords de la Marne*.

80 — *Crépy*.

81 — *Bords de la Seine*.

82 — *La Frette*.

83 — *Nature morte*.

84 — *Nature morte.*

85 — *Nature morte.*

86 — *Nature morte.*

87 — *Nature morte.*

88 — Copie d'après Ribot.

89 — *Paysage.*

90 — *Villeneuve-Saint-Georges.*

91 — *Près Paris.*

92 — *Les Champs, à Beʒons.*

93 — *Les Champs, à Vilennes.*

94 — *Canal du Loing.*

95 — *Fin d'Oise.*

96 — *Andrésy.*

97 — *Route à Beʒons.*

98 — *Villeneuve-Saint-Georges.*

99 — *Coullanges.*

100 — *Bords de l'Oise.*

101 — *La Frette.*

102 — *Carrières.*

103 — *L'Yonne.*

104 — *Bords de la Seine.*

105 — *Asnières.*

106 — *Carrières.*

107 — *Bezons.*

108 — *L'Oise (Bords de).*

109 — *La Plaine.*

110 — *Sartrouville.*

111 — *Villeneuve.*

112 — *Paysage.*

113 — *Carrières.*

114 — Lot de treize petits tableaux. (Ce lot sera divisé.)

115 — Environ quatre-vingts études et copies. (Ce numéro sera divisé.)

TABLEAUX

PAR DIVERS

En partie offerts par les Artistes

CALVÈS

116 — *L'Entrée du couvent.*

Haut., 20 cent.; larg., 26 cent.

CAUCHOIS

117 — *Nature morte.*

Haut., 11 cent.; larg., 16 cent.

CAUCHOIS

118 — *Nature morte.*

Haut., 24 cent.; larg., 32 cent.

CAUCHOIS

119 — *Deux bouquets de fleurs.*
Formant pendants.

Haut., 15 cent.; larg., 12 cent.

DEFAUX

120 — *La Ferme.*

Haut., 16 cent.; larg., 21 cent.

DETAILLE

121 — *Soldat anglais.*

Aquarelle.

DUEZ

122 — *Jean et Françoise pendant la moisson.*

Tiré du roman *la Terre.*
Grisaille à l'huile.

FRÈRE
(CH.)

123 — *Le Verger.*

Haut., 32 cent.; larg., 41 cent.

VALLÉE
(E.)

124 — *Paysage.*

Haut., 45 cent.; larg., 72 cent.

VALLÉE
(E.)

125 — *Paysage.*

Haut., 22 cent.; larg., 15 cent.

VALLÉE

126 — *Paysage.*

Haut., 7 cent ; larg., 13 cent.

YON
(EDMOND)

127 — *Paysage.*

Haut., 26 cent. 1/2 ; larg., 39 cent.

128 — Eaux-fortes par Félix Buhot, Louis Monziès, Th. Ribot, etc.

129 — Série de dessins originaux à la plume et
à la mine de plomb pour l'illustration du
livre : *Mémoire d'un chien errant.*

130 — Sous ce numéro, les objets non catalo-
gués.